불갑초

불갑초

손태균 시집

學而思|학이사

사랑하는 내 어머니 영전에 바치옵니다

종갓집 맏며느리로 오셨지요
딸만 여럿 낳아 서럽게 사시다가
6.25 사변을 겪으셨지요

늦게나마 아들 보아
웃음기도 채 가시기 전에
지아비를 잃으셨지요

병드신 몸으로 넘고 넘던 보릿고개
힘겹게 키우신 막내아들 제대하면
효도 받을 일만 남았는데
어찌 그리 급히 저승으로 가셨는지요

이승 소식 궁금해
차마 눈 못 감으셨을 어머니께
마음으로만 올리던 솟대

하나하나 쓸고 다듬어서
사랑하는 내 어머니
영전에 바치옵니다

서시

시,
소화제인가 안정제인가

원하지도 않았건만
이 거친 세상에 던져져

머나먼 길 굽이돌며
산 넘고 강 건너다
맺힌 한 너무 많아
죽으면 썩지도 못할 것 같았는데

느지막이
브레히트Bertolt Brecht 가 데려다준
노을강 언덕배기에 핀
매향에 취해
살찐 누에 비단실 뽑어내듯
한 구절, 두 구절 토해내니
후련하다

비록
서툰 가락일지라도

차례

1부 경자의 봄

2부 달구벌 코로나

4부 바다사리

1부

경자의 봄

여한餘恨

지금은 못할 일
때 놓친 일

영원히 풀지 못할
한 하나 남아있네

어머니 신음할 때
이밥 짓고 육국 끓여

은수저로 곱게 떠서
공양치 못했더라

그땐 왜 몰랐을까
풍수지탄風樹之嘆 네 글귀를

지금은 후회해도
돌이킬 수 없는 일

일평생 가슴 치며
애읍哀泣할 일 어찌할까

하중도 가는 봄길

버들가지 살랑대는 하중도 가는 봄길

코로나 무서워 마스크 끼웠지만

개불알꽃 줄지어 반가와하는구나

그 모습 귀여워 사진 한 컷 찍었더니

물위에 놀던 오리 삐진 듯이 날아가네

홍매를 기다리며

보슬보슬 봄비 오면
잠 못 이루고

해 뜨고 남풍 불면
가슴 서미게 하는 당신

길섶 개나리꽃
하늘하늘 유혹해도

임 기다리는
도서관 뜰로 자꾸만 달려갔지

그대 없는 봄은
봄도,
봄 같지 않기에

팔공산 왕건길

팔공신八功臣 잃어버린 쓰린 한 품고

고려 꿈 펼치려 피신했던 고갯길

대곡지 왕버들 골바람에 떨어도

나그네 숨결은 뜨겁기만 하더라

피 튀기며 싸우느라 참혹했을 전쟁터

북풍한설 막아주는 팔공산 자비에

불귀의 영혼들도 안식을 얻었는지

무리 지은 소나무 멀리서도 푸르다

벗들은 사라지고

노을 진 서쪽하늘 아득한 산 너머

호박돌 들쳐가며 가재 잡던 동무 그리워

가쁜 숨 달래가며 이리저리 헤매어도

거친 풍파 맞았는지 보이지 않더라

흰 구름 머무는 백팔십 리 저 멀리

남풍 불고 봄비 오니 누가 거기 기다릴까

잔솔 치고 가리 검던 뒷동산 올라보니

늘 푸른 노송들과 진달래만 반겨주네

아기 참나무

사월의 양지바른 언덕
마른 잎 밀치고 움튼 참나무

어린 것이
철이 일찍도 들었다

다람쥐가 명당 터
잡아주었는지

꽃도 피우지 않고
소리 소문도 없이

붉은 과일 하나 들고
은인을 기다리네

유스띠노에게

낯선 시골병원에서
우렁찬 너의 첫 울음소리 듣고

벅찬 감동으로 하늘에 기도하며
험한 길 헤쳐 나갈
강하고 지혜로운 이름 붙여주었지

그 마음 어찌 알고
자룡처럼 자랐건만
너의 꿈 몰라보고 내 욕심만 부렸구나

이제와 불혹인 너의 길 돌아보니
거친 황야에 스스로 우뚝 서서
무지개도 시샘할 삼원색 두었으니
지난날 아비 근심 모두가 기우였네

고마워
사랑해
유스띠노!

뜬 바위의 꿈

올봄엔 나도
라일락 한 송이 가슴에 피우고 싶다

그 향기
날숨 되어 터질 때 난, 찾아가리

비바람에 그만 갇혀
떨고 있을 그리움 위해

올봄엔 나도
종달새 한 마리 가슴에 키우고 싶다

그 노래
내 영혼 위로할 때 난, 찾아가리

어둠에 그만 갇혀
울고 있을 외로움 위해

체감무게

농심農心도 모른 채
천심天心을 탐했기에

고희에 담배 끊어 산
산삼 씨앗 백 그램

초막골 명당 터 고르고 골라
아비 같은 마음으로
한 점, 또 한 점

고작 열 고랑 심었건만
허리가 뒤틀리니
다리도 덩달아 휘청

지기地氣에 들뜬 종자
어쩌나 보채는지

오냐오냐했더니만
몸뚱이가 천근이다

부활

뒷동산 오솔길
양지바른 언덕

아직 시린 땅에서
삭고 있는 숱한 낙엽 사이로
노랗게 솟고 있는
새 생명들

봄인 걸 어떻게 알았을까

어둠에 갇혀 썩는 참회로
내가 너로,
네가 나로 서로 바뀌어도
새롭게만 태어난다면

축가祝歌를 불러도
더 할 일이 남겠다

새내기 하교시간

점심때가 지나면
달산초등학교 정문 앞에 모여든 엄마 떼
교문을 나서는 새내기와 눈 맞으면
약속이나 한 듯 하나같이 빙그레 웃고
업고 있는 책가방을 벗겨
핸드백처럼 한쪽 어깨에 걸친다

학동들 황급히 사라지고
커피 향 내뿜으며
어디론가 향해 가는 느린 발걸음
한가롭다

제자 등에 업혀 행복했을 교과서
엄마에게 매달린 신세가 처량해
할 말을 잃은 건지
참고 있는지
고요하기만 하다

목련

해마다 3월이면
아직 시린 땅에 외다리 묻고

여윈 가지에 매달려
기도하는 그대

소소리 바람에 눈발 휘날려도
오직,
파란 하늘만 바라보며
두 손 모으고 있더니

따스한 은총의 햇살에
그만
순결한 여인이 되었구나

아, 새봄의 신부여!

산중山中 어머니

산중 어머니가 애타게 그리워
가령언덕 숨차게 올라갔더니
산돌배 진달래꽃 활짝 피워서
언제나 기다린듯 반겨 주시네

장끼 까투리 술래잡기하는지
기는 놈 찾느라 고운 놈 날고
벌들도 덩달아 꽃 속에 숨는데
꽃잎은 간지러워 떨고 있구나

지난 엄동설한 어찌 견디시고
불효자 부르시려 화원 만드셨나
소리쳐 불러 봐도 대답이 없어
주름진 눈시울이 자꾸만 젖네

지경령地境嶺 넘으면

이른 아침,
관봉능선 숨차게 오르면

아련한 동해에서
불덩이 하나 서서히 솟구친다

십만 리 길 쉬지 않고 돌고 돌아도
지치지 않는 저 태양처럼
일하자 다짐하고

복사꽃 흐드러진 고갯길
되돌아 넘으면
기다린 듯 나타난 노을

'오늘도 수고했노라' 했던
지경령
다짐의 출근길
위로의 퇴근길
꿈의 고개이더라

경자의 봄

먼 길 돌고 돌아
다시 찾아온 경자庚子 씨

살구나무 꽃 피우니
뒤질세라
돌담 밑 민들레도
배시시 웃는데

기다리던 임
코로나로 보이지 않으니

서럽다
경자의 봄

기우祈雨

언제나 오시려나
그리운 당신

기다려도, 기다려도
소식 없는 그대

흘러가는 저 구름아
임에게 전해주오

지쳐버린 나그네는
밤새워 뒤척이고

애타던 봉선화도
시들어버렸다고

수성못 수양버들

수성못 수양버들
누굴 기다리나

새벽 단비로 긴 머리 감고서
빗질을 곱게도 하였구나

초록으로 물들인 꽃 머리칼
실바람에 찰랑이며

물속으로 사라진 그대 달님
다시 보고파
호수만 바라보나

멍하니

영남건설기술교육원

폐교된 영천 청경초등학교
강산이 두 번 바뀌었다

어린이상 심심한지
박태기 꽃 피우고

키다리 전나무
종일토록 교문만 내려다봐도

코흘리개 학동들은
보이지 않고

승용차만 슬그머니 기어와
쉬었다 가네

홍매의 해후

정든 임 떠나버린 도서관 뜨락에서

얼마나 쓸쓸하고 한설에 떨었으면

꽃망울 못다 피우고 눈시울만 붉혔나

말없이 쳐다보는 따스한 눈길 받고

서러움 사라진 듯 방긋이 웃어주니

어디서 온 나그넨지 떠날 줄 모르네

마른 비

저 하늘 지겨웠나 이 뭍이 그리웠나

내 마음 다독이려 텃밭에 내리더니

잎새만 떨쳐버리고 무정하게 떠나네

가는 곳 어디인지 기약도 아니 하고

미련만 남겨두고 사라진 마른 비여

모처럼 찾아서 온길 꽃도 보고 가야지

2부

달구벌 코로나

측백나무

밤낮없이 두 손 모아
하늘 우러러 기도하는 그대

비바람 불어도 눈보라 쳐도
푸른빛 변치 않고
제자리이더니

마침내
별 사탕 같은 은총
너에게 내렸구나

나, 그대 모습 사랑해
양지바른 내 어머니 곁에 두고

늘
잊지 못한다네

마신록Masinloc 맹그로브

필리핀 서쪽바다
마신록 맹그로브

호수에 왜 떠있는지
그 연유 몰랐는데

이리저리 다리 엮어
어린 생명 품고서

짠 물도 마다 않고
폭풍격랑 막아주니

하늘이 감동했나
큰 부족 이루었네

망일봉 철쭉

봄바람 살랑대는
망일봉 올레길

비바람 거친 바위
시꺼멓게 죽었건만

연분홍 철쭉무리
기다린 듯 꽃 피웠네

긴긴 엄동설한
어떻게 견뎌내고

사진 한 장 남기려
환하게 미소 짓나

팔불취

오라비에 뒤질세라
무겁게 태어난 아녜스

어미를 닮아선지
왕대처럼 자라면서

늘 앞자리에 앉는 의젓한 모습에
네 그림자는 그만
팔불취 되었지만

넓디넓은 무대
너 홀로 만들어놓고
알바트로스가 되었구나

그래도 웃지 못하는 팔불취
과욕 때문인가
시절 탓인가

죽부인의 비애

지조 있는 집안에서
아파트로 시집온 색시

머리띠 두르고
보슬비 맞고 있다

열대야 식혀주던
애처일 터인데

시린 날 너무 길어
부부싸움 하였는가

애처로운 여인이여
분해도 참게나

접시꽃 필 날이
얼마 남지 않았다오

울타리 장미

아파트 경비가
햇불을 들었다

침으로 무장한 채
주야로 일했건만

지난해 베어지고
올해는
무참히 잘리더니

마침내
서러움이 폭발했나 보다

허블레아니호의 할머니

2019년 5월 29일
부다페스트 다뉴브강에서
힘센 바이킹시건호가 받아버린 허블레아니호

시린 홍수가 삼켜버린 암흑 속에서
한 노파가
아이를 껴안고 숨겨있었다네

큰 충격과 거센 물살
어떻게 견뎠을까

손목이 쑤시고 허리가 아파도
업어서 재워주고 씻어서 입혀주고
먹여서 놀아주는 어머니의 어머니

사랑은 때론,
고귀한 목숨까지도 내어놓는것
받는 것보다

주는 것이 더 행복했을
할머니의 사랑

달구벌 코로나

그놈,
어디서 몰래 숨어들었는지
바늘구멍에 못 둑 터지듯
하루 사이 열한 명이 병원으로 실려 갔다

다음 날엔 서른세 명
또 하루가 지나니 여든네 명으로 늘었다
아, 보름 만에 오천 명!

생필품 사재기가 눈에 들어오고
가짜소문이 괴담을 불러와
스산해진 거리
인적 없는 공원
떠들썩하던 놀이터엔
어린 발길마저 사라졌다

설마 하던 먼 산불
티 한 점 날아와
달구벌 봉쇄라는 말에
치를 떨었지만

가족이 그리운 방호복이 흘린 진땀
시민들의 처절한 7대 기본생활수칙 지킴
사방에서 내달려 온 119 구급차와 온정에
확진자는 0, 0, 0,
40일간 이어진다

그래도
마스크는 미련이 남았는지
아직도 붙어서 웃고 있다

유학산 천등

유학산 839고지 휘감은
팔월 구름 포연 같다

형제의 피로 물든 능선에
그만 분기탱천하였는지

뇌성으로 통곡하고
눈물까지 펑펑 쏟네

어미 품 그리웠을 학도병과 의용군
어쩌다 적이 되어 총검 겨눠 싸웠더냐

도봉사 목탁소리 시공時空에 울리건만
어린 영혼들은 아직도 잠들지 못하고

낯설은 숲속에서
서성이고 있나 보다

노을

서산 위에 걸린 그림 금빛이라 설렌다

구원救援의 손길에 높이도 오른 구름

정처 없이 떠돌며 과욕을 부리다가

검게 탄 제 모습에 회개라도 하였는지

목 타는 대지大地에 은혜를 베풀어서

석양의 은총으로 명화名畵가 되었네

태화강 십리대숲

태화강변 넓은 터에 진을 친 대竹부대部隊

오솔길 따라서 도열堵列해 있다

세찬 강바람에 머리카락 날리지만

미동도 하지 않는 엄한 군기軍紀 서려있어

슬도瑟島는 파도 불러 흥겹게 연주하고

동해의 돌고래 떼 평화로이 뛰노네

매미 허물

살구나무에 매달린
벙어리 참매미집

차디찬 흙 속에서
장구툱ㅅ히 견뎌내고

바람 센 거친 절벽
맨몸으로 올라가

모질게도 제 가죽을
스스로 벗겨낸 뒤

꿈꾸었던 날개 달아
하늘로 날아갔네

옥산서원 홰나무

모질게 쏘아대는 칠팔월 폭양으로

봉선화 더위 먹어 축축 늘어졌지만

서원 앞 회화나무 성인군자로 섰네

그 시절 학동들은 보이지 않건마는

수백 년 서원지기 제자도 많이 길러

참매미 글 읽는 소리 그치지를 않더라

도덕산 거쳐 나온 청정한 저 벽계수

공맹학 배우려고 가던 길 멈춰 서니

한 줄기 불던 바람도 그대 품에 잠드네

도라지의 선물

텃밭지기 도라지가
선물을 꾸렸다

보랏빛 별보자기
단아도 하여라

폭양도 빗줄기도
네 정성 피해갔나

활짝 웃는 네 마음
그 속에 담겼겠지

호수

나는 가끔씩
호수로 달려가고 싶다

험한 길 돌고 돌아서인가
고요히 안개꽃 피우다가

성난 빗방울 안기면
동그란 미소 짓지

세파에 멍든 마음
달래주는 당신

언제나 날 기다리던
우리 어머니 모습

먹구름

은총의 햇살에 높이도 오른 구름

좋은 인연 만나서 목화로 피더니

남실바람결에 뜬색시가 되었는지

정신없이 떠돌다가 소나기 되었네

낮은 자리 찾아가던 그 시절 잊고

내려보며 우쭐대는 저 큰 덩치들

솜털 같은 모습으로 되돌아간다면

추락해 부서질 일 없어질 터인데

황강변 누렁이

철옹성 쌓아놓고 즐겁던 합천호가

경자년 긴 장마에 분통이 터졌는지

황강변 누렁이를 수마 되어 쓸었다

이백 리 이어지는 슬픈 곡 울려 퍼져

밀양 땅 유정惟政께서 측은히 여기셨나

대절한 전세차로 가족 품에 안겼네

명파鳴波 해변

강원도 고성 땅 명파리 바닷가
파도는 울고 있다

피붙이 갈라놓은 선,
철책선 서러운데

또 그어놓은
저 멀리 긴 수평선

백의白衣의 뜬구름 선 없어 자유롭고
물 위의 갈매기 오늘도 평화롭건만

휴전선에 끊어진 바닷길
뱃고동마저 슬픈데

파도, 너만은
철석이지 말았으면…

퇴고

눈 덮인 호수 위에서
붓으로 건져 올린 송사리 한 마리
파닥거린다

단 한 번 깜빡임도 없이
빤히 쳐다보는 눈 외면하고
금강석에 벼린 칼로
그놈의 목을 잘랐다

꼬리에 달아볼까
배에다 붙여볼까
어떡하면 멋져질까

시퍼런 날에도 빛나던 과녁
점점 흐려져 가는데

쏘가리는 보이지 않고
주검만이 음산하다

둑방

어버이날에는
호수가 떠오른다

어쩌다
하늘까지 올라 우쭐대다가
한순간에 떨어져
숲과 바위에 긁혀
울고 있는 홍수 말없이 품고서

세파에 찌든 때
말끔히 벗겨낸 뒤
타는 목마름 풀어주는
둑방

그는
자애로운 우리의 또 다른
어머니다

3부

시월의 둥시

8월을 넘기며

쓰르라미 사라지고
귀뚜라미 슬픈 구월 초하루
널 넘기니 허전하다

그대 머물 때
난 너무 지쳐버려
너 또한 지나갈 것이라 여겼지만

엄동설한에도 꿋꿋한 정자로
더운 바람 식혀주고

때론,
원망했던 폭우도
애타는 그리움이 된다는 걸 일깨웠지

불볕더위 피하지 않고
하염없이 기도하는 측백나무에게
은총 내리고

농부의 주름진 얼굴 펴주려

청초한 도라지 편에
위로의 마음 곱게 싼 별보자기 보내더니

파란 하늘에
목화 같은 구름 피우고
무지개 띄워 위로해 주었지

애증의 8월이여
엄동설한에 눈꽃 휘날리면

내겐, 오로지
그대생각뿐이겠다

쌀米

움막집 못자리가 너무 비좁아
형제들이 뭉쳐서 큰 꿈 꾸더라

이앙가 축복 속에 입양된 그대
일손 줄이려 진밭에 터 잡고서

복더위 장마도 꿋꿋이 참더니만
찬바람 불어오니 황금이 되었네

농부는 풍년가에 흥이 겨우니
고개 들어 보시게 고귀한 팔십팔

간척농지

이밥에 고깃국은 한살이 소원이라

날 새면 도첩 들고 황야를 헤매고

해 지면 계산기와 씨름하던 그곳에

농부들은 풍년가로 흥에 겨우니

철새들도 즐거워 떼 지어 춤추네

낙지, 바지락 맛이 좋다지만

바라만 보아도 배부른 저 넓은

황금들녘에 어찌 비할까

낙엽

봄바람 살포시 스쳐갈 때엔

반지르르 윤내어 반겨주었고

땡볕에 지쳐서 허덕일 때는

온몸 펼쳐서 식혀주던 그대

한 백 년 그러리라 믿어왔건만

색동옷 입더니

바람 따라 가버리네

달구벌 하늘 길

철계단에 이끌려 태전역 오르니
외줄에 나타난 용지행 세 마디
금호강 건널 땐 기도해 주더니만
즈믄 빛 달성토성 스쳐만 가네

창 너머 등불 밝힌 청라언덕엔
옛 시절 백합화는 보이지 않고
목 터지게 외쳤다던 만세소리와
선교사의 발자취만 아롱거리네

좌우 신천대로 고급차 요란해도
흐르는 물줄기는 말이 없는데
그 시절 황금들은 어디로 가고
키다리 빌딩들만 줄지어 반기네

누님 영전靈前에서

내가 아장아장 걸을 때
시집간 누님
갑자기 인공호흡기를 달았다

병상에 누운 채로 나를 보더니
눈빛으로
'왔나? 말을 못 한다' 하셨지

철침에 멍든 손목 잡고서
'어서 일어나시라' 했지만

간병사가 잠을 재워야 한다며
간섭하더라

그날 밤,
꿈자리가 몹시도 사납더니
부음을 들었고

그 담다음 날에는…
한 줌 재로 변해 나타나셨다

'누부야~~~!'

'누고?'
'우리 태구이 아이가!'
'어서 온나, 점심 안 묵었제?'

'묵었심~더'

'그라마, 이기라도 무~라'
'금방 난 기랄이라서 몸에 이할 끼다'

주름진 모습과
체취는 사라졌어도
또, 그리 말씀하시는 것 같더라

그래서
나는 목 놓아
'어무이~~~!' 하고 부르고 싶었다

칠성대七星臺

홍류계곡 구르다가
주저앉은 저 몽돌바위
왜, 물길 가로막고 있나

홍수가 성이 나면
모래알로 만드는데

눈 들어
칠성대 바라보라

눈보라 스치고 폭우 쏟아져
검버섯 피었어도
언제나 그 자리 떠날 줄 모르니

그를 믿는 초목들
사시사철 평화롭고

소리길 나그네도
행복하잖니

삼플라 마을 Garhi Sampla

인도 하리아나 주州 삼플라 마을은
팔백여 호 삼천여 명 몰려 사는 곳

뫼들은 사라지고 평원만 남아선지
사람보다 많은 물소 대접받더라

성주참외 부러우나 물이 귀해서
지하수 퍼 올리려 새마을기 꽂고

무지갯빛 희망으로 땅을 뚫어도
짠물만 올라오니 한숨지었지

냉장고 헤집는 원숭이 대가족
국조 공작, 야생사슴 평화롭더니

무굴제국 문화유산 눈이 부시듯
어린 학동 눈망울도 반짝이더라

그리움

저 너머 첩첩산중 아득한 곳엔
우리 엄마 날 기다리다
잠드셨겠지

빌딩 숲 넘어서 내 맘 가는 곳
어린 손주 동무들과
그네 타겠지

오늘은 산 너머로
달려가고 싶은데

내일은 어디 가서
하삐* 소리 들어볼까

* 말 배우는 아기의 할아버지 호칭

침산동구砧山洞口 은행목

말없이 침산동구 지키는
공손수公孫樹 마을지기
고령高齡이라 고적孤寂하다

비바람에 젖고 눈보라 시려도
팔 벌려 나그네 반겨주고

지친 날개 찾아들면
다정히도 품어주네

별빛 고요한 밤에는
외로운 등대처럼

그렇게
또,
그렇게 서있다

시월의 동시

바다가 산으로 올라왔을까
파도에 씻긴 몽돌
노을빛 닮아 빨갛다

긴~긴 여름
벌레에 뜯기고 비바람에 부대껴도
제자리 떠날 줄 모르던 잎

초승달 감싸 키운
한 자락 포대기 구름인지
소슬바람 따라 가버리고

홀로 남은 홍시 한 알
외로워
까치를 기다린다

오봉산 한로寒露

꽃구름 부서져서 청천靑天에 흩날리고

스산한 바람 불어 외로운 오봉산정

한로가 다시 찾아와 코스모스 들뜨네

매정한 그대 한로 조용히 물러가소

침산정 지켜주는 소나무 아직 어려

솔향기 사라질까 봐 나그네는 애타오

팔공산 단풍

파란 하늘에
하얀 쪽배 띄워놓고

갈바람 저 총각
팔공 색시 데려가나

세파에 지친 가지
잘 가라며 뿌리쳐도

볼 붉힌 아가씨
한사코 매달리니

정든 딱새에게
전할 말 있나 보다

국화 일가견

느지막이
국화가 피더니

따스함도 느껴보고
무더위도 겪어보고

이 꽃 저 꽃 다 보고
단풍마저 보고 나서

기어이 시린 비까지
맞아보아야

향기로와 진다며
활짝 웃는다

낙엽

마른 잎 하나 바지직
발바닥에 밟힌다

여린 가지에 매달려
먼 산 그리다가

불꽃처럼 달아올라
바람 따라나서서

정처 없이 이곳저곳
날아도 보고 굴러도 보고

곱던 모습
이미 사라져 버렸는데

또, 어딜 가려고
길 위에 서성였나

늦가을 민들레

퇴근길 밝혀주던 노란빛 풍등 하나

외톨이 서러운지 둥글게 뭉치더니

깃털에 바람 안고 멀리도 날아가네

꽃 대궁 올리느라 늘어진 잎사귀는

버티기 힘드는지 돌밭에 누웠건만

마음은 홀씨 따라 하늘여행 하겠네

백로白露의 팽나무

신천변 산책로 지키는
젊은 포구나무
매미 사라지니 정신 들었나

구름 뚫고 나온
따끈한 햇살 한 자락 끌어와
잎 문신 새기고 있다

모진 비바람 견디고
오뉴월 땡볕에
못이 박힌 그대 피붙이

불청객 백로로
누렇게 변해가는 애련

서늘한 바람 한 줄기
아직 때가 아닌지

그냥,
스쳐만 가네

가을 홍매

도서관 봄 뜰에서 첫눈에 반한 홍매

잔설에 불꽃 피워 언 눈 녹여주더니

무정한 가을비에 어깨 처져 애달프다

꽃 우산 받쳐줘도 말 못 해 서러우니

너와 함께 젖어서 낙춘가樂春歌나 불러줄까

불갑초 佛甲草

언제 어디서 왔는지
아파트 후미진 터에
납작 엎드려 살고 있는 불씨족 佛氏族

처음 만난 성씨지만
돌밭에 터 잡은 걸로 보아
변변찮은 씨족으로 여겼다

마음을 어떻게 비웠는지
늘 낮은 자리에 머물며
이웃에 기대지도 않고
굳세게 자손을 늘려가던 어느 날

웬 돌팔이 법관이
불법 주거하는 잡초라며 극형을 선고했고
상고의 기회도 박탈당한 채
경비 警備의 억센 손아귀에 목이 낚여
시퍼런 곱사검에 다리가 잘려나갔다

원통해 썩지 못하는

메타세쿼이아 그루터기 위로
내팽개쳐졌지만
스산한 바람만 울고 갈 뿐
아무도 거두지 않았다

이렛날 아침
죽은 줄만 알았던 불씨
샛별의 기운을 받았는지
시체 더미 속에서도
푸른 기상 그대로 간직한 채
살아 숨 쉬고 있었다

어떻게 알았을까
"개똥밭에 뒹굴어도 이승이 극락"인 걸

그들이 명문名門 후손임을
그때서야 알았다

벌초

까르릉 처르 처르
예초기 우는 소리
칠부능선 후빈다

삼복 땡볕에 봉두난발되셨기에
싸악 밀고 나니
시원해 보이는데

'또 왔나' 하시며
반겨주실까

'왜 단잠 깨웠나'
호통치실까

냉막걸리 한 사발 드시고
허허허
웃으시면 좋겠다

4부

바다사리

겨울 오봉산

빌딩숲 가로막은 동짓달 저 낙엽수

매서운 바람결에 마른 잎 떨어내도

침산정 지키는 솔 푸르기만 하구나

팔공산 정기 품은 금호강 너머에는

언제나 차량들이 숨 가삐 달리는데

유유히 날고 있는 왜가리가 부럽네

박애 博愛

흙먼지 날리는 처마그늘
암캐 한 마리
모로 누워 존다

물방석 같은 배에 걸터앉은 자묘子猫
왕구슬 같은 두 눈망울 숨긴다

어미를 잃었나
새끼가 죽었나

서로 닮지 않아도
애틋한 모자母子

그땐 그랬지

책보자기 둘러매고 학교 가던 십 리 산길
모퉁이 돌때마다 전설들이 무섭더라
배고프면 찔레 꺾어 허기진 배 달래고
금광 굴 낙수 받아 마른 목 풀었었지

또래와 어울려 소 먹이던 가령 언덕
누렁이 풀 뜯느라 워낭소리 요란해도
도랑바위 들쳐서 가재 잡아 구워먹고
참꽃불알 따가지고 배고픔 달래었지

소풍가서 보물 찾던 홍류계곡 농산정
김밥 사이다는 먹은 둥 만 둥이라
애꿎은 밤나무에 몽둥이로 매질하고
감나무 지날 때면 홍시 있나 올려봤지

지게 지고 고개 넘어 땔감 하던 백운동
탐스러운 고사목에 과욕을 부렸더니
눈길에 지친 배를 백설로 채워 봐도
등에 업은 마른나무 너무도 무겁더라

발린카깅 마을 Barangay Balincaguing

필리핀 루손 섬
보석 같은 마을 발린카깅

피나투보 화산 왜 성이 났는지
사정없이 불모래 뿜었지만
삼백여 호 천여 주민
새마을기로 뭉치더니

새벽 일깨우는 수탉에
누렁이 화답하고
멱 감는 벌거숭이 떼
해 지는 줄 모르는데

해먹 마주 잡은 망고와 아보카도
어느새 부부가 되었는지
울던 아기 잘도 재우네

팔달역암

달구벌 북쪽 팔거산성엔
팔달역암투성이

누가
그렇게 만들었는지
크고 작은 강자갈이 한 몸을 이루었다

모래, 자갈
뭉치지 못한다고 괄시 말자

그들도 열 받으면
바위가 되고 산이 된다

폐타이어

실향민 검정 고무 씨氏가 길가에 나와 있다

낯선 이국땅 빙판길도 마다 않고

세찬 바람 헤치며 밤낮으로 누비다가

지문이 닳아버려 고향에도 못 가는지

안전고깔 쓰고서 교통봉사 하다가

스쳐가는 차들 보며 추억에 잠겨있네

망일봉 연리지

서변동 망일봉 연리지連理枝
분단된 한민족 소망 같다

한 배에서 태어나
의좋을 줄 알았는데

외풍에 휘말려
아옹다옹하다가

성년이 되면서
철이 들었는지

거송이 되려고
한 몸을 이루었네

숙이

이리 가도 저리 가도
당신과 함께라면
어찌 길이 멀다 하리오

춘삼월 햇살
따습다 해도
그대 온기보다는 덜하고

삼복염천에 핀 연꽃
제아무리 고와도
숙이보단 못하지

이 더위
또한 물러가고
찬 서리 내릴 때

나는
한 송이 목화 되어
따스한 온기 나누리

젊은 메타세쿼이아의 죽음

어떤 피조물이
같은 생명을 허투루 여기는가

우리 아파트에 입양된
내 젊은 벗 메타세쿼이아가
갑자기 처형당했다

속이 붉게 멍들도록 시린 풍설 견뎌내고
그토록 그리던 봄이 왔건만
주야로 동초 서며
동해 일출 보려 키 키운 것도 죄이던가

애연가의 탁한 연무
외면치 않고
시퍼런 들고양이 발톱도
참아내던 그인데

말을 못 한다고 재판도 없이
동대표가 사형을 선고하고
기계톱이 팔과 목을 잘라

끝내,
생선처럼 토막을 내었다

팔다리와 몸뚱이는
어디론가 사라지고
찢긴 살점만이 바닥에 나부끼는데

질곡의 그루터기에 남긴
피 어린 20년 역사
애처롭다

2 · 28 비

흙탕물 날뛰어도 기뻤다

화살무리처럼 쏟아져
바짓가랑이 듬뿍 적셔도 좋았다

젖무덤 같은 뫼 불사르고
자욱한 먼지 숨길 죄더니

끝내,
속살마저 터져
피가 솟구칠 지경인데

아 2 · 28!
그날의 함성
약비 되어 내렸다

달비계

세상에 믿음 없이
할 수 있는 일이 있을까

마스크 끼고
빌딩 벽 활보하는 페인트공

하늘에서 내려 준
외줄을 믿는구나

관객이 없어도
무대라 여기는지

오색 물감 뿜으며
겁 없이 곡예하네

손녀 등굣길

새내기가방 업은
초등학생 등굣길

미련 때문인가
아직도 서성이는 시린 바람에

젤리 손 얼 것 같아
늙은 주머니에 넣고 잡았지

거친 손바닥에 느껴지는 유약함
언제 바위처럼 굳세질까

일러 줄 말들
너무 많아서

활짝 열어준 교문도
반갑지 않더라

바디body기타

할아버지한테
안기고 싶은 손녀

"기타 해줘!"

"그래,
어디 한번 튕겨볼까"

"으으 음"

"고장 났나
왜 소리가 안 나"

"키익 킥 킥"

"그 참,
갑자기 왜 이래"

비움

다다익선
뱃속에 채웠다가
안절부절 못 했는데

어느 날
죽농원에 기거하신
장자莊子와 법정法頂께서

늘 푸른 의연함과
해탈의 비결이
비움이라시며

더부룩한 나의 속
말끔히 씻어주셨다

바다사리 舍利

낮은 자리에 머물며
아무 대가도 없이

세상 땟물
말없이 다 받아주고

바람결로 살을 떼어
타는 목마름 풀어주는 창해蒼海

무수히 사리를 품고
부처님 나투셨다

영원히 사멸하지 않는
고귀한 바다사리

그래서 나는
오늘도 소금을 탐한다

꿈길 어머니

세상엔 좋은 모습
많고도 많지만

밥 잘 먹는 나를 보고
엄지 척 세우시던 어머니

가슴속 깊이 박혀
그리움만 커지네

그토록 가고 싶다시던
한려해상공원에서

갈치찌개 한 냄비
맛있게 드시고

등에 올라 웃는 얼굴
꿈에라도 보았으면

테트라포드

파도의 분탕질에 뿔난 의병
방어진 방파제에 집결해 있다

휴전선 너머
창린도 해안에 포문이 열렸는지
해병대는 보이지 않고

맨몸으로 맞서느라
만신창이 되었건만

뭍바람에 실려 온 그리움은
어쩌지 못하는지

갈매기 불러 모아
외로움 달래네

갓바위

관암사 풍경소리 맑고도 시원터니

갓바위 오르는 길 몹시도 덥구나

땀으로 젖는 중생 무슨 업보로

주야로 촛불 밝힌 관봉冠峯 오르나

팔공산 거친 바람 바위로 되막으며

돌 갓쓰고 가부좌跏趺坐 튼 약사여래불

백팔번뇌 잊어선지 두 눈 감았어도

불자佛者행렬 복 비니 귀 기울이시네

모성애

쫑알대는 새끼들 애처로워
암탉이 사냥을 나섰다

목화 같은 병아리, 신기한지
아뿔싸!
검둥개 그만 주둥이를 내밀었다

뿔난 어미 깃털 세우고
감히,
벌레 잡던 부리로 개 눈알 노린다

한바탕 흙먼지 날리고
송곳니 뽐내던 모험가는
끝내 물러갔다

견공犬公 의 체면을 구겨버린
무서운 힘
엄마 만세

음덕蔭德

아버지 잠드신
가령佳嶺 언덕배기

의젓한 소나무 다섯 그루가
날 내려다본다

세상 등지며 남겨둔 철부지
안타까우셨나

저승에서 몰래 돌보셨는지
오송五松에서
오상五常을 배운다

중학교 2학년 때의 일이다

국어선생님께서 서예전 준비를 해야 한다며 몇몇 학생을 뽑았다.

그 그룹에 우연히 들어간 나는 화선지에 쓴 시조 위에 투명지를 깔고 그대로 붓으로 따라 그렸다. 그때 처음으로 서예의 즐거움을 맛보았고 정형시의 흥도 느꼈다. 이것이 인연이 되어 교지 창간을 위한 정서작업을 하면서 문학가의 꿈은 커져만 갔지만 가정형편상 실업고를 선택할 수밖에 없었다.

고교를 졸업한 후 경부고속도로 건설현장에서 학업을 중단한 서러움을 느끼다가 월남 전쟁이 위기로 치닫던 1972년, 교육생 1개 대대를 전원 차출해 파병한다는 풍문을 듣고 광주 포병학교에 입교했고, 사격지휘반장으로 선발되어 풍익당에 교육받으러 들어갔더니 도판 위에 쓰인 낙서가 눈에 들어왔다.

"어여쁜 아가씨가 찾아오거든 전선으로 떠났다 말해주오.

떠나면서 남긴 말이 없더냐고 묻거든

그저 눈물만 흘리더라 전해주오."

이 글은 내게 첫 감동을 준 문학작품이었다. 물론 처지가 비슷해 그럴 수도 있었겠지만 한두 줄의 글이 인간의 마음을 움직일 수 있다는 것을 알게 되었다. 이로 인해 전방에서 근무하는 동안 육군본부에서 정기적으로 발행하는 『전우신문』에 나온 시를 읽고 가려 모아서 시화첩 『陣中念』을 만들어 제대할 때 가지고 나왔으나 더 이상 시를 접할 기회가 없었다. 느지막이 지금에사 시간이 허락되어 시를 배우고 일천한 지식으로 첫 시집을 내게 되어 부끄럽기 한량없다. 독자 여러분의 이해와 관용을 바라는 마음 간절하다.

2020년 입동무렵

원암 서재에서

삶의 진면목을 길어올리는 연리지 미학

곽홍란시인, 문학박사

1. 통속과 예술 미학의 경계에 서다

손태균 시인을 처음 만나게 된 것은 서너 해 전이었다. 오전 시간에 진행되는 시창작 교실 수강자는 대부분 여성인데 중후한 남성 한 분이 강의실 중심에 떡하니 자리해 앉아 있었다. 첫인상만으로도 굵직한 삶의 경륜과 열정의 무게를 읽을 수 있었다. 그처럼 손태균 시인은 30여 년을 훌쩍 넘는 세월을 한국농어촌공사에서의 공직을 역임하고 몇 해 전 퇴직하였다. 그 과정에서 낙동강 살리기 사업 공사관리, 인도, 필리핀 등 한국의 발전 기술을 경제개발

도상국으로 전수하는 최초 새마을 시범 사업 수행 즉, 경상북도 및 KOICA 주관 해외 봉사 등 국내를 넘어 해외에서까지 굵직한 일을 소화해 낸 이력을 갖고 있다.

이러한 손태균 시인의 굵직굵직한 단면은 그의 산문 곳곳에서 읽을 수 있다. 그의 다양한 이력 가운데 작지만 반짝이는 보석같은 발견은 한때 문학소년이었다는 것이다. 그래서일까? 손태균 시인은 농어촌 사람들이 일상에서 겪는 불편을 일일이 수첩에 받아적으며 그들의 손이 되고, 발이 되고, 함께 걱정하고, 눈물을 훔치고, 마지막에는 기다리는 사람들의 궁금증을 눈부시게 풀어주며 서로 얼싸안고 박수치고 또 다른 희망을 길어 올리며 살아왔을 것이다. 그런 그가 이제는 자신의 시세계를 건설하려고 한다.

손태균 시인에게 지금까지의 인생 전선은 나름 공직자로서의 의기와 집념으로 점철된 길이었다. 인생 1막의 길에서는 문학을 잠시 접어두고 살아왔다. 그러나 이제 손태균 시인은 그간 다독이지 못한 자신의 삶을 되짚는 인생 2막의 노을강 앞에 서 있다. 시인은 평소 과묵한 편이지만 그의 질문은 과녁을 향하는 화살촉처럼 빠르고 매섭다. 이러한 손태균 시인의 열정과 집념은 그대로 창작으로 이어진다. 공직 30여 년의 활동과 서정을 시세계로 접목시키려는 의지는 열정을 넘어 투혼에 가깝다.

손태균 시인은 어느 모로 보면 무모하리만치 큰 밑그림을 그리고 때로는 거침없이 밀고 나아가기도 한다. 그의 시어는 그의 삶과 언행을 닮아서 단도직입이 많다. 에둘러 말하거나 장황한 비유와 화려한 수사도 생략한다. 직관을 바탕으로 강하게 밀고 나가는 힘이 있다. 때로는 고수의 검법처럼 단칼을 즐겨 사용하기도 한다. 삶의 통속과 예술의 미학 그 경계의 시학을 구사하고 있어 때로는 거친 면도 있다. 그러나 이러한 까닭들은 바로 손태균 시인에게 거는 기대이기도 하다.

　　손태균 시인이 본격적으로 창작에 임한 기간은 그리 길지 않은 편이다. 하지만 벌써 육필시집 전시를 통해 5권의 소시집을 엮어 전시회에 참여할 정도로 창작의 열의는 거침없고 뜨겁다. 또한 그의 문학창고에는 자신의 인생 노정路程을 기록한 여러 권 분량의 원고가 저장된 채 세상을 향해 나아가길 기다리고 있다. 이처럼 시인의 선이 굵은 삶과 진면목, 그리고 여백의 서정을 시의 단면으로 읽기에는 부족한 면이 많다. 그러나 손태균 시인이 선정한 첫 시집의 시편들에는 그가 차마 내뱉지 못하고 아껴둔 서정들이 숨어 있을 것이다. 그 편린들을 살펴보고자 한다.

2. 삶의 불가사의와 신성을 잇는 솟대

시의 첫 모습을 이야기할 때 흔히 우리 조상들이 농사를 짓기 이전, 곧 원시시대로 되돌려 이야기하기도 한다. 그 시절 짐승을 발견하여 추격하거나 짐승과 싸워 이길 때 부르짖는 말, 혹은 소리가 시의 최초의 모습이며, 사람들이 천지 자연에게 소원을 간절히 호소하고, 정성을 다해 노력하면 하늘은 그 원을 들어준다는 확신의 표징이다. 고대인들은 벌써 시의 힘, 시의 효용성을 알고 있었던 것이다. 이처럼 말이 기쁨으로 부르짖는 소리였다면, 마찬가지로 시도 기쁨으로 부르짖던 소리였을 것이다.

고대 그리스 철학자 아리스토텔레스(Aristoteles, B.C.384~ B.C.322)는 '시는 〈자연의 모방〉'이고 '모방한 것에서 기쁨'을 느낀다고 말한 바 있다. 흔히 시는 감정이나 의지를 나타낸다고 하지만 그러한 감정이나 의지 이전의 세계를 발견하고 그것을 알려고 하는 국면이 있음을 덮어둘 수 없다. 그렇다면 손태균 시인에게 시란 무엇일까 시인이 가닿고자 하는 진면목은 무엇일까. 시인의 시편에서 살펴보기로 한다.

종갓집 맏며느리로 오셨지요
딸만 여럿 낳아 서럽게 사시다가

6.25 사변을 겪으셨지요

늦게나마 아들 보아

웃음기도 채 가시기 전에

지아비를 잃으셨지요

병드신 몸으로 넘고 넘던 보릿고개

힘겹게 키우신 막내아들 제대하면

효도 받을 일만 남았는데

어찌 그리 급히 저승으로 가셨는지요

이승 소식 궁금해

차마 눈 못 감으셨을 어머니께

마음으로만 올리던 솟대

하나하나 쓸고 다듬어서

사랑하는 내 어머니

영전에 바치옵니다

- 「사랑하는 내 어머니 영전에 바치옵니다」 전문

손태균 시인의 첫 번째 시집 『불로초』 서두에 실린 작
품 「헌시」에는 시인의 간절한 기원이 무엇이며, 어떤 형

태인지를 보여준다. 시인이 평소 간직하고 있던 시에 대한 의식과 관념 또한 「헌시」에서 추론해 볼 수 있다. 「헌시」는 어떤 일을 축하하거나 기리는 뜻으로 시를 지어 바치는 행위, 또는 그 시詩를 말한다. 손태균 시인의 시, 「헌시」의 중요한 기제는 '어머니'다.

전체 5연으로 구성된 시에서 시적화자는 먼저 가신 어머니를 떠올린다(1연). 어쩌면 어머니는 "이승 소식"이 궁금해서 혹 "차마 눈 못 감으"신 것은 아닐까 시적화자는 저어한다(4연). 어머니를 위해 화자는 자나깨나 "솟대"를 빚고 또 빚는다(5연). 그것은 "마음으로만 올리던 솟대"였다(5연). 어머니와 나의 거리는 인간으로서는 도저히 닿을 수 없고 가늠할 수 없는 저승과 이승의 거리이기 때문이다(5연). 그런데 시적 화자의 모습은 시의 종결로 접어들면서 달라진다. "마음"으로 빚던 솟대를 구체화시킨다. 이제는 "하나하나 쓸고 다듬"는다(5연). 그리고 어머니의 "영전에" 나아가 솟대를 바친다(5연).

솟대는 지역이나 목적에 따라 짐대, 소줏대, 표줏대, 솔대, 거릿대, 수살목, 서낭대 등 여러 가지 명칭으로 불리고 쓰임과 재료도 달랐다. 형태도 다양하여 일시적인 것과 영구적인 것, 가정이나 개인 신앙의 대상인 것에서 촌락 또는 지역을 위한 것 등이 있다. 솟대가 수호신의 상징이라는 점과 성역의 상징 또는 경계나 이정표 등의 기능이 있는 것은 장승과 마찬가지이다. 흔히 솟대는 민간 신앙의 상징물인 장승을 세우고 장승 옆에 세운 장대의 모습으로 알려져 있는데, 그 끝에는 나무를 깎아서 만든 새가 자리 잡고 있다. 그러니까 솟대란 어떤 신적인 기운의 상징이며 하늘과 땅으로 민초들의 기원과 원망願望을 전달하는 영매靈媒이기도 한 셈이다.

손태균 시인은 이러한 솟대의 역할을 시라는 매개체를 빌어 운용한다. 솟대가 인간의 불확실성과 운명의 불가피함에서 오는 불안을 달래고 있다. 솟대가 인간으로 하여금 하늘과 땅, 신과 세계를 연결될 수 있게 해 주었던 것처럼 시적화자의 기구 또한 "어머니"와의 연결을 희구하는 간절함이다. "솟대"를 매개로 한 시적화자의 기원은 바로 먼저 가신 "어머니"께 '사랑하는 내 어머니'라고 불러보는 것이다.

시적화자의 종가宗家에서는 종손宗孫을 손꼽아 기다린다. 그러나 "종갓집 맏며느리"였던 어머니는 "딸만 여럿 낳"았고, 그 까닭으로 하여 "서럽게" 살아야 하는 시간이 길었다. 그런데 어머니는 개인의 불운뿐 아니라 엎친 데 덮친 격으로 덧씌워지는 공동체의 불운인 한국전쟁 "6.25 사변"까지 겪게 된다(1연). 이러했던 어머니께도 얼굴 가득 "웃음기" 돌게 하는 사건이 발생한다. 그것은 바로 늦둥이 "아들"의 출생이다. 어머니는 "늦게나마" 태어난

"아들"을 품에 안고 어르고 달래며 즐거운 나날을 보낸다. 그러나 행복의 시간은 길지 않았다. 누군가에게는 사소한 행복이기도 한 그 즐거움이 "채 가시기 전" 운명의 신에게 "지아비를 잃"게 되는 어머니, 시적화자는 그리운 어머니를 호명하고 있다(2연).

시적화자는 "병드신 몸으로 넘고 넘던 보릿고개"의 어머니가 안타까워 허공에다 소리친다. "힘겹게 키우신 막내 아들"이 곧 "제대하면" "효도 받을 일만 남았"으니까 어머니 힘내시라고 응원을 보낸다. 꿈속에서도 하염없이 드리던 기도였을 것이다. 그러나 시적화자의 이러한 현실적 소망은 이루어지지 않는다. 오랜 세월이 흐른 뒤 이제 시적화자는 시를 통해 어머니와 자신의 아픔을 다독인다. 어머니께서 생전에 안주할 곳 없었던 불안의 날개를 접을 수 있도록 "솟대"를 마련한다. 세상에서 가장 정갈한 나무를 골라 "하나하나 쓸고 다듬어" 어머니의 "영전靈殿"에 올리는 것이다. 어머니와 나를 잇는 소통의 길을 여는 것이다.

손태균 시인의 작품 「헌시」에서 볼 수 있듯이 그에게 시란 곧 불가피하고 불가사의한 세계와 삶의 신비로 나아가는 길이며 신성한 통로이다. 우주의 운행과 이법을 충실히 따르면서 그것이 마음에 새겨놓는 흔적들을 충실히 받아 적는 일이다. 따라서 손태균 시인에게 시는 현실과

그 너머의 세계를 잇는 하나의 영매靈媒인 솟대이자 신성
과 소통하는 길인 셈이다.

3. 삶과 정신의 화평을 돌리는 물레

손태균 시인의 시세계는 매우 독특하다. 시적화자는
바다 앞에 서면 해안의 포문을 열고 바다를 소재로 삼아
깊고 강하고 동적인 시의 세계를 연다. 바다를 매개로 하
여 아껴두었던 시어들은 강렬한 서정으로 빛을 낸다. 시
인은 삶의 현실에서 빚어지는 체험과 지혜가 생생하게 드
러나는 리얼리즘의 텍스트들은 시인의 바다에서 펄떡인
다.

> 파도의 분탕질에 뿔난 의병
> 방어진 방파제에 집결해 있다
>
> 휴전선 너머
> 창린도 해안에 포문이 열렸는지
> 해병대는 보이지 않고
>
> 맨몸으로 맞서느라

만신창이 되었건만

묻바람에 실려 온 그리움은
어쩌지 못하는지

갈매기 불러 모아
외로움 달래네

- 「테트라포드」 전문

손태균 시인의 작품 「테트라포드」에서 시적 화자는 방파제 앞에 맨몸이다. 거친 파도와 당당하게 맞서고 있다. 시인은 텍스트에 사용되는 시어들을 낯선 "테트라포드"에 옮겨 놓는다. "테트라포드(tetrapod, 프랑스어: tetrapode)"는 건설 현장에서 쓰이는 용어로 흔히, 방파제 또는 방조제의 침식을 방지하기 위해 사용하는 다리 네 개 달린 콘크리트 블록이다. 중심에서 사방으로 발이 나와 있는 이 블록은 방파제나 강바닥을 보호하는 데 쓰인다. 이러한 "테트라포드"가 손태균 시인의 시에서는 밀려오는 파도의 야단스럽고, 부산하게 소동을 일으키는 "분탕질"을 막는 "의병"의 모습으로 변모하여 역설된다.

시는 시인을 닮고, 시인은 시를 닮아간다는 말이 있다. 시인의 삶이 고스란히 시속에서 다시 태어난다는 뜻이다.

손태균 시인의 시「테트라포드」에는 시인이 살아온 어제와 오늘이 고스란히 담겨있다. 시적 화자는 "맨몸으로 맞서" 싸우느라 "만신창이 되었"지만 "뭍바람에 실려"오는 소식은 "그리움"뿐 혼자서는 어찌할 수 없다. 그런 현실 앞에 거센 물보라에 떠밀려 갔다가 밀려오는 "갈매기"를 "불러 모아" 서로의 어깨를 두드리며 "외로움 달"랠 뿐이다.

'맨몸', '만신창이', '그리움', '외로움'이라는 시어는 손태균 시에서 자신의 내면 풍경을 드러내는 중요한 수사적 장치이다. 여기에 '맞서느라', '어쩌지 못하는'이라는 의미 자질의 결합, 평범하고 유사한 의미 배열은 오히려 반어적 희망을 이끌고 있다. 이처럼 화자에게 가혹한 운명을 헤쳐나가게 하는 동력의 의미는 손태균 시인의「서시」에서 다시 발견 된다.

시,
소화제인가 안정제인가

원하지도 않았건만
이 거친 세상에 던져져

머나먼 길 굽이돌며

산 넘고 강 건너다

맺힌 한 너무 많아

죽으면 썩지도 못할 것 같았는데

느지막이

브레히트Bertolt Brecht가 데려다준

노을강 언덕 빼기에 핀

매향에 취해

살찐 누에 비단실 뿜어내듯

한 구절, 두 구절 토해내니

후련하다

비록

서툰 가락일지라도

- 「서시」 전문

손태균 시인의 시에는 과거를 회상하는 아쉬움과 애절함, 그리움만 있는 것은 아니다. 그의 시 텍스트 중심에는 언제나 희망이 있다. 「서시」에서 시적화자는 "이 거친 세상에 던져"지는 가혹한 운명을 "원하지도 않았"지만, "머나먼 길 굽이돌며" 헤쳐온 삶을 돌아보니 "산 넘고 강 건너다 맺힌 한"이 "너무 많"았다는 것을 알게 된다. 그러나 시인은 삶을 되돌아보거나 단지, 앎에서 그치지 않는다. 지금처럼 살다가 어느 날 문득 지상을 떠나게 되었을 때 미처 다하지 못하고 온 것에 발목 잡혀 죽어서도 "썩지도 못할 것 같"은 깨달음에 이른다.

시인이 품고 있던 열정으로 노을강 앞에 선 시적화자는 "언덕 빼기에 핀 매향" 앞에서 또 한번 깨달음에 이른다. 세찬 북풍을 맞으며 가파른 언덕에 기대어 살아가는 매화목梅花木, 나무 곁으로 가까이 다가간 시인은 붉은 꽃망울을 보게 된다. 사방을 둘러보아도 추위를 가려줄 움막이 없고, 하물며 온기 한 점 없는 곳에서, 그 누가 시키지 않아도 푹푹 찌는 여름 땡볕을 견디고, 스산한 가을이면 갖은 잎 떨구어 내고, 눈서리 몰아치는 겨울 추위를 굳세게 견디며 한 송이 꽃을 피워올리는 매화, 나그네의 시름을 덜어주는 향기를 맡으며 시인은 자신의 남은 시간을 읽는다. 그리고 "살찐 누에"가 "뽑아내"는 "비단실"을 감아낼 물레가 자신임을 알게 된다.

손태균 시인은 단정하거나 반성하는 시인이 아니다. 반성을 넘어 겸허히 자신을 포용하고, 자신의 삶 속에 담긴 비단실을 다듬어 풀어내고 물레에 감아 새로운 세상을 펼치는 시인이다. 그래서 손태균 시인에게 시는 소화제가 되고 정신을 화평하게 해주는 안정제가 된다.

4. 삶의 남루를 깨우는 오송五松과 오상五常의 음덕蔭德

　손태균 시인의 시 세계에는 다양한 모습의 연리지가 숨 쉬고 있다. 연리지는 뿌리가 다른 나뭇가지가 서로 엉켜 마치 한 나무처럼 자라기 때문에 금슬 좋은 부부애에 비유하기도 하고, 효성이 지극한 자식과 부모의 관계를 대변하기도 하는 현상을 끌어와서 이상적인 세계를 그려내는 상징성을 지니고 있다.

　손태균 시인은 연리지 서정은 크게 세 가지로 분류할 수 있다. 수목樹木 연리지, 은애恩愛 연리지, 자애慈愛 연리지로 구분 할 수있다. 시인의 수목 사랑은 남다르다. 시「망일봉 연리지」를 보면 시인은 자주 산에 오른다. 시적화자는 어느 날 망일봉을 오르다가 연리지를 만나게 된다. 화자는 나무들의 대화를 듣게 된다.

　시적화자는 나무에서 자신이 처한 현실을 본다. "분단된 한민족 소망"을 보여주기라도 하듯. "한 배에서 태어나 의좋을 줄 알았는데" 그 기쁨의 시간은 길지 않다. 굵은 나무의 줄기는 두 갈래로 나뉘어 각기 다른 하늘을 향해 뻗어 나간다. 비바람 피해서 살 수 없었던 그들은 "외풍에 휘말려" 서로 티격태격하며 내 탓, 네 탓의 저울질을 하고 "아옹다옹 거리"기도 하면서 사는 것이다. 그러나 나무에게는 인간의 삶과 다른 면이 있었다. "성년이

되"었는지 "철이 들었는지" "한 몸을 이루"어 "거송"으로
다시 태어나서 화합하며 살아가는 모습을 연리지에서 발
견한다.

손태균의 수목 연리지 「망일봉 연리지」는 이상세계에
대한 지향과 갈망과 동전의 앞뒷면처럼 서로 하나로 이어
져 있어서 떼려야 뗄 수 없는 현상에 대해 묘사하고 있다.
인간관계 또한 다르지 않을 것이다.

이리 가도 저리 가도
당신과 함께라면
어찌 길이 멀다 하리오

춘삼월 햇살
따습다 해도
그대 온기 보다는 덜하고

삼복염천에 핀 연꽃
제아무리 고와도
숙이보단 못하지

이 더위
또한 물러가고

찬 서리 내릴 때

나는
한 송이 목화 되어
따스한 온기 나누리

- 「숙이」 전문

    서로 다른 환경에서 살던 개체인 두 사람이 만나 새롭게 꾸민 가정이라는 공동체 삶의 화평은 고통과 인내의 공존으로 이루어진 결과이다. 손태균 시인은 시 「숙이」에서 시적 화자 언어를 빌어 은애 연리지 서정을 노래한다. 은애는 어버이와 자식 사이나 부부 사이의 사랑이다. 시적화자는 "이리 가도" 멀고 "저리 가도" 먼 길의 물리적 거리는 절대 좁혀지지 않는다. 그러나 누구와 함께 하는가에 따라서 심리적 고저, 장단, 강약, 대소의 차이는 매우 크다. "춘삼월 햇살"보다 "따습다"고 삼복염천 무더위도 그 앞에서는 "물러가고", "찬 서리" 내려도 "한 송이 목화"로 피어 "따스한 온기"를 내어주는 사람이 있다고 화자는 속내를 비친다. 그가 바로 「숙이」라는 것이다. 손태균 시인의 연리지 서정은 수목과 은애에서 그치지 않는다.

젤리 손 얼 것 같아

늙은 주머니에 넣고 잡았지

거친 손바닥에 느껴지는 유약함

언제 바위처럼 굳세질까

일러 줄 말들

너무 많아서

- 「손녀 등굣길」 부문

그의 연리지 서정은 「손녀 등굣길」에서 절정에 이른
다. 갓 초등학교에 입학한 손녀의 등굣길을 시적화자는
동행하면서 채가시지 않은 겨울의 "시린 바람"에게 아직
도 "미련 때문"인가라고 묻는다. 젤리처럼 작고 보드라운
손녀의 손이 "얼 것 같고" 화자의 "주머니에 넣고" 따뜻
하게 녹여주지만 여전히 "일러 줄 말들", "너무 많아서"
화자의 안타까움은 크다. 손태균 시인의 세 번째 연리지
는 삼대가 어울려 살아가는 인간관계에서 세계의 조화로
운 성장과 성숙으로 이끄는 아름다움인 자애 연리지를 상
징하고 있다.

손태균 시인의 넓고 깊은 연리지 서정을 읽으면서 시
인의 저변에 내재되어 있는 연리지는 무엇인지 궁금해진

다. 그 궁금중의 귀결은 「음덕蔭德」이다. 시적화자의 아버지는 시인의 시 「음덕蔭德」에서 시적화자의 아버지는 "가령佳嶺 언덕빼기"에 잠들어 계신다(1연). 화자에게는 아버지 품에 안겨 어릿광부리던 기억이 감감한 듯한데, 그 아들이 자라서 아버지 곁에서 있는 "의젓한 소나무 다섯 그루"를 발견하고(2연), 세상사 기쁘고 힘들 때마다 찾아가서는 돌아가신 아버지를 뵙듯 오송을 만난다. 정성이 지극하면 하늘도 그 마음을 읽으시는지는 다섯 그루의 소나무는 정원사가 돌본 듯 잘도 자란다. 이러한 오송五松에게서 시적화자는 아버지 말씀을 듣듯 오상五常을 배운다(4연).

오상이란 사람이 지켜야 할 다섯 가지 도리로 인仁, 의義, 예禮, 지知, 신信을 이른다. 그렇다. 각자의 위치에서 맡은 바의 역할을 다할 때, 그러한 세계는 갈등과 대립 충돌과 간극이 없는 이상적인 세계의 모습이라고 할 수 있을 것이다.

손태균 시인의 작품에서 펼쳐지는 연리지의 모습에 주목하며 그의 시 「바다사리」를 가슴으로 새기며 읽는다.

낮은 자리에 머물며
아무 대가도 없이

세상 땟물
말없이 다 받아주고

바람결로 살을 떼어
타는 목마름 풀어주는 창해蒼海

무수히 사리를 품고
부처님 나투셨다

영원히 사멸하지 않는
고귀한 바다사리

그래서 나는
오늘도 소금을 탐한다

- 「바다사리」 전문

불갑초

지은이 | 손태균

초판발행 | 2020년 12월 8일

펴낸이 | 신중현
펴낸곳 | 도서출판 학이사
출판등록 | 제25100-2005-28호
대구광역시 달서구 문화회관11안길 22-1(장동)
전화_(053) 554-3431, 3432 팩시밀리_(053) 554-3433
홈페이지_http://www.학이사.kr
이메일_hes3431@naver.com

ISBN_979-11-5854-279-5   03810